La princesse Yukiko et le dieu en colère

L'illustrateur : Philippe Masson, né à Rennes en 1965, est issu d'une famille de marins bretons. Actuellement, il vit à Tours avec son amie et ses deux enfants, Lucas et Mona. Il réalise les dessins de « La Cabane Magique » aux Éditions Bayard.

Pour David,
mon meilleur ami

Titre original : *Peach Blossom Princess*

Conception et réalisation de la maquette : Éric Doxat.

Loi n° 49 956 du 16 juillet 1949
sur les publications destinées à la jeunesse.
Dépôt légal : octobre 2007 – ISBN : 978 2 7470 2159 3.
Imprimé en Allemagne par CPI – Clausen & Bosse.

Le château magique

La princesse Yukiko et le dieu en colère

Katie Chase

Traduit et adapté de l'anglais par Anne Delcourt
Illustré par Philippe Masson

CINQUIÈME ÉDITION

bayard jeunesse

1

Un mystérieux éventail

Cléa sauta dans la voiture.

– Salut, maman ! Salut, Lucas ! lança-t-elle joyeusement.

– Tu m'as l'air de bonne humeur ! observa Mme Campbell en démarrant. J'en conclus que la première journée dans ta nouvelle école s'est bien passée ?

– Super ! confirma Cléa avec enthousiasme. Il y a des filles très sympa dans ma classe. Et Mlle Kelly, la maîtresse, est vraiment chouette.

Elle se tourna vers son frère :

– Et toi, Lucas ?

– Bof, fit-il en grimaçant. La maîtresse, ça va, mais il y a des garçons qui se sont moqués de moi : ils disent que je parle bizarrement !

Cléa et sa mère éclatèrent de rire.

– C'est parce que tu n'as pas l'accent écossais ! expliqua Mme Campbell. Un peu de patience, ils vont s'habituer.

– Oh, en fait, on est déjà devenus copains ! précisa gaiement Lucas. On a joué au foot ensemble à la récré !

– Maman, reprit Cléa, tout excitée, on va préparer un spectacle sur les pays du monde. Mlle Kelly nous en a donné un différent à chacun, et on doit présenter une chanson ou une danse, ou lire un poème ou un texte de là-bas.

– C'est quoi, le tien ? demanda Lucas.

– Le Japon. Et je n'y connais strictement rien !

– C'est près de l'Écosse ? voulut savoir son frère.

– Pas du tout, c'est à l'autre bout du monde ! On doit chercher des accessoires qui peuvent servir pour le spectacle. Je trouverai bien quelque chose dans les affaires de Tante Clarisse !

Clarisse, la grand-tante de Cléa, était une grande voyageuse. Son château écossais regorgeait de meubles anciens, d'objets précieux ou étonnants qu'elle avait rapportés des quatre coins du monde. Elle venait de repartir pour un périple de deux ans. Et elle avait proposé aux parents de Cléa de s'installer chez elle pour s'occuper du manoir.

– Oui, Clarisse a dû visiter le Japon au

moins une fois, confirma Mme Campbell en s'engageant dans l'allée du château.

Cléa retint sa respiration tandis qu'ils s'approchaient de l'imposante bâtisse de pierre grise. Au bout d'une semaine, la vue des tours et des tourelles l'impressionnait toujours autant.

Sa mère se gara devant la porte.

– Eh bien, moi, je suis sûr que Tante Clarisse est allée au Japon ! dit Lucas.

– Comment le sais-tu ? s'étonna Cléa.

– Ha, ha ! Je le sais, c'est tout, rétorqua son frère.

Il bondit de la voiture et s'engouffra dans le château.

– Je crois qu'il mijote quelque chose, fit Mme Campbell, amusée.

– Oui, quand il a cet air-là, il faut se méfier, approuva Cléa avant de filer à la poursuite de son frère.

Elle retrouva le petit garçon dans la grande

salle, une pièce immense où s'entassaient des dizaines de trésors. Il tenait à la main un éventail peint, qu'il agitait devant son visage.

À l'arrivée de sa sœur, il se mit à se trémousser.

– Regarde-moi ! susurra-t-il avec une voix de fille. Je suis Cléa, et je danse à la fête de l'école !

Elle ne put s'empêcher de rire :

– Où as-tu déniché ça ? C'est ravissant !

Lucas referma l'éventail et le lui tendit :

– Il était là-bas, sur la table. L'autre jour, j'aidais papa à ranger, et il m'a dit que ça venait du Japon.

– Merci, Lucas, tu m'as donné une super idée ! dit Cléa. Je n'ai qu'à le prendre comme accessoire pour préparer une danse japonaise ! Tante Clarisse serait sûrement d'accord pour me le prêter.

Lucas se dirigea vers la porte en sautant comme un cabri.

– Mais tu ne danseras jamais aussi bien que moi ! la taquina-t-il avant de disparaître.

Cléa décida de réfléchir au calme à son projet. Elle monta l'escalier en colimaçon d'une des tourelles.

Elle entra dans sa chambre, une petite pièce ronde perchée tout en haut.

Là, elle s'installa devant le miroir de la coiffeuse et déplia l'éventail. Il était rose bonbon, décoré d'oiseaux exotiques et de papillons.

Cléa le colla juste au-dessous de ses yeux et battit des paupières. Ressemblait-elle à une Japonaise, comme ça ?

Soudain, son cœur s'emballa. Dans le miroir se reflétait l'autre face de l'éventail.

Elle y vit un arbre couvert de fleurs d'un rose délicat. Sous l'arbre était assise une petite fille. Les fleurs détachées par le vent tombaient doucement sur ses cheveux noirs, coiffés en chignon.

De surprise, Cléa faillit lâcher l'éventail.

– Oh ! fit-elle dans un souffle.

Elle le retourna, les doigts tremblants. « Et si c'était une princesse ? » se demanda-t-elle.

Avant de partir, Tante Clarisse lui avait laissé un message secret. Elle lui recommandait de chercher des princesses partout dans le château.

Chaque fois que Cléa en trouvait une, c'était le début d'une folle aventure.

Elle se pencha sur le dessin. La petite Japonaise se tenait tête baissée, l'air triste. Elle portait un kimono rose richement brodé de fleurs de lotus, fermé par une large ceinture d'argent.

« Je suis presque certaine que c'est une princesse, songea Cléa. Et il n'y a qu'un moyen de s'en assurer. »

Elle regarda la petite Japonaise bien en face. Et, suivant les instructions de Tante Clarisse, elle s'inclina en une profonde révérence.

– Bonjour ! lança-t-elle d'une voix entrecoupée par l'émotion.

Avant qu'elle ait pu reprendre son souffle, une brise chaude s'éleva de l'éventail et s'enroula autour d'elle. Des pétales roses s'éparpillèrent dans la chambre, bientôt envahie par un doux parfum de fleurs.

La petite fille ferma les yeux. Elle laissa le tourbillon la soulever doucement de terre et l'emporter dans les airs.

2

Une princesse invisible

Les pieds de Cléa touchèrent le sol. Le vent s'apaisa aussi brusquement qu'il s'était levé.

Rouvrant les yeux, elle découvrit le plus beau jardin qu'elle ait jamais vu.

À quelques pas de là, des poissons dorés nageaient paresseusement dans un étang, enjambé par un petit pont de bambou. Une rivière y prenait sa source. Elle s'éloignait en serpentant dans le jardin, entre deux rangées d'arbres en fleur.

Un peu plus loin, Cléa vit des toits scintiller au soleil.

– Quelle merveille ! souffla-t-elle.

Puis, en baissant les yeux, elle s'aperçut que sa tenue avait changé.

À la place de son jean, elle portait un kimono aux longues manches très larges, qui lui tombait jusqu'aux pieds. Il était en soie blanche, brodé de grosses fleurs jaune d'or, avec une petite pochette.

Cléa se dirigea vers l'étang, en prenant soin de ne pas marcher sur son kimono. Elle se pencha au-dessus de l'eau pour y admirer son reflet.

Ses cheveux étaient rassemblés en chignon au sommet de sa tête. Ils étaient retenus par deux grosses épingles en or, serties de bijoux étincelants.

« Eh bien, ça y est ! songea-t-elle. Cette fois, je ressemble à une vraie Japonaise ! »

Soudain, son cœur fit un bond. Un arbre se reflétait dans l'eau. Et, derrière le tronc, quelqu'un l'observait !

Elle se retourna brusquement. En effet, à l'ombre des branches se tenait une fille d'à peu près son âge.

Cléa la reconnut aussitôt. C'était la petite Japonaise de l'éventail. Elle avait le même kimono rose avec la grosse ceinture d'argent. Les mêmes cheveux noirs relevés en chignon. Et elle avait toujours l'air aussi triste.

– Bonjour ! lui dit doucement Cléa. Quelque chose ne va pas ?

– Oh ! fit l'inconnue, stupéfaite. Tu peux me voir ?

– Évidemment ! répondit Cléa, perplexe.

Le visage de la petite Japonaise s'éclaira d'un sourire. Elle s'approcha et lui tendit la main :

– Je suis Yukiko, la fille de l'empereur. Et je suis la vraie princesse !

Cléa trouva ces paroles assez étranges. Cependant, elle se présenta à son tour :

– Je m'appelle Cléa, et je viens de très loin. C'est difficile à croire, mais j'ai trouvé ton portrait sur un éventail, chez ma grand-tante Clarisse. Elle m'a appris une formule magique qui permet de voyager dans le temps pour rencontrer des princesses. Je fais une révérence, je dis « bonjour »... et voilà !

– C'est incroyable ! s'exclama Yukiko.

Ma grand-tante connaissait justement une certaine Clarisse qui venait la voir quand elle était petite ! Elle venait du futur, elle aussi.

– C'était ma grand-tante, confirma Cléa en riant. Mais pourquoi étais-tu étonnée que je puisse te voir ?

Toute gaieté s'envola brusquement des yeux de Yukiko.

– Parce que je suis invisible ! expliqua-t-elle d'une voix tremblante. Sauf pour toi, apparemment.

– Invisible ? s'étonna Cléa. Je ne comprends pas.

– Viens, je vais tout te raconter, dit la princesse.

Elle l'emmena s'asseoir sur un tapis d'herbe sous un arbre, au bord de l'étang.

– Il y a quelques jours, commença-t-elle, j'étais assise sous cet arbre quand j'ai vu sur la rivière une pêche flotter vers moi. Elle était magnifique, toute rose et dorée. Alors, j'ai pris une branche pour l'attraper. Puis je l'ai ouverte avec une de mes épingles à cheveux. Mais à ce moment-là...

Elle se tut un instant, hésitante.

– Une fille a surgi du fruit, sous mes yeux ! C'était exactement mon portrait ! Comme si je me regardais dans un miroir !

3

Une situation désespérée

Cléa écarquilla les yeux de surprise.

Yukiko poursuivit :

– Elle m'a expliqué qu'elle était une nymphe des eaux, envoyée par Gawa, le dieu de la rivière. Il lui avait ordonné de prendre ma place jusqu'à ma fête d'anniversaire, qui a lieu ce soir. C'est pour cela qu'elle m'a rendue invisible...

Cléa comprit alors les étranges paroles de Yukiko.

– Voilà pourquoi tu as dit que tu étais la

vraie princesse ! s'écria-t-elle. Parce que la nymphe se fait passer pour toi ! Mais pour quoi faire ?

– Je n'en ai aucune idée ! s'exclama Yukiko. Elle n'a pas voulu m'en dire plus !

– Bizarre..., commenta Cléa. Enfin, si c'est aujourd'hui ton anniversaire, dès demain, tout sera redevenu normal !

– Je l'espère...

– Yukiko, où es-tu ? lança tout à coup une voix dans le jardin.

– C'est elle ! chuchota Yukiko. Vite, cache-toi derrière le pêcher !

D'un bond, Cléa alla se coller derrière le tronc d'arbre.

Curieuse de voir la nymphe, elle se pencha prudemment... Elle tressaillit. Incroyable ! La nouvelle venue ressemblait en effet comme une sœur jumelle à Yukiko. Même visage, même silhouette menue, mêmes cheveux noir de jais. Seule différence : elle portait un kimono bleu brodé d'étoiles argentées.

La nymphe s'arrêta net à quelques mètres de l'étang.

– Approche ! commanda-t-elle à Yukiko.

La princesse obéit avec un air de chien battu.

– Eh bien, fit la nymphe gaiement. Je ne croyais pas que ce serait aussi amusant de jouer les princesses ! C'est très agréable d'avoir tous ces beaux habits, ces bijoux et ces serviteurs !

Elle rit d'un petit rire cristallin en jouant avec ses épingles à cheveux serties de diamants.

– D'ailleurs, j'ai décidé de ne pas retourner à la rivière, reprit-elle.

– Quoi ? s'étrangla Yukiko.

Cachée derrière son arbre, Cléa porta la main à sa bouche pour retenir un cri d'effroi.

– Eh non, dit la nymphe. Je préfère rester ici et vivre une vie de princesse.

– Tu n'as pas le droit de faire ça ! s'écria Yukiko, désespérée. De toute façon, ton plan ne marchera pas ! Mes parents finiront pas découvrir que tu n'es pas moi !

Une expression rusée passa sur le visage de la nymphe :

– C'est ce qu'on verra. Avec le nouveau sort que je vais te jeter, tu resteras invisible pour toujours !

Vivement, elle se pencha pour ramasser une poignée de pétales de pêcher. Et elle les lança sur Yukiko en murmurant une formule magique.

Yukiko suffoquait, secouée par les sanglots.

– Mais comme j'ai bon cœur, conclut la nymphe en riant, j'ai fait flotter autour de toi un léger parfum de fleur de pêcher. Comme ça, les gens pourront quand même te sentir !

Et, sans cesser de rire, elle s'éloigna en sautillant.

4

Un appel à l'aide

Cléa se précipita vers Yukiko.

– Qu'est-ce que je vais devenir ? gémit la princesse, effondrée.

Sa nouvelle amie glissa un bras autour de ses épaules pour la réconforter :

– Ne t'inquiète pas ! Ça va s'arranger. Il suffit qu'on soit plus malignes qu'elle !

– Mais comment ? soupira Yukiko, découragée.

Cléa réfléchit un moment :

– Eh bien, allons prévenir Gawa. Il pourra peut-être nous aider !

Yukiko approuva et mena Cléa au bord de la rivière. Elles s'agenouillèrent dans l'herbe.

– Touche l'eau du bout des doigts, demanda la princesse.

Cléa fit ce qu'elle lui disait. L'eau était glacée, et si profonde qu'on n'en voyait pas le fond.

De toutes petites vagues apparurent autour de ses mains et s'élargirent à la surface.

– Gawa le grand, entonna Yukiko, Gawa le puissant, entends mon chant…

Cléa se joignit à elle, et elles récitèrent l'invocation encore et encore. Les vaguelettes devenaient de plus en plus fortes.

Soudain, au milieu de la rivière, l'eau sombre se mit à bouillonner furieusement. Puis le calme revint d'un seul coup. Le visage du dieu se dessina dans le courant.

Il avait la mâchoire carrée et une longue moustache fine. Ses cheveux noirs étaient

noués en queue de cheval au sommet de son crâne. Il fixait les deux filles sévèrement de ses yeux noirs.

– Qui ose déranger le grand dieu de la rivière ? gronda-t-il d'une voix caverneuse.

– Grand Gawa, c'est moi, se hâta de répondre la princesse en s'inclinant très bas. Yukiko, la fille de l'empereur.

– Et toi, qui es-tu ? maugréa Gawa en fusillant Cléa du regard.

Celle-ci s'inclina à son tour :

– Je suis Cléa, son amie. Il se passe quelque chose de grave, grand Gawa ! La nymphe que vous avez envoyée au palais refuse de revenir à la rivière. Elle veut prendre la place de Yukiko pour de bon.

Gawa fronça les sourcils :

– Et mes perles ?

– Quelles perles ? s'étonna Yukiko.

– Tu ignores ce qu'a fait ton père ? grommela le dieu. Il veut t'offrir un collier pour ton anniversaire. Alors, ses pêcheurs ont pris des perles dans ma rivière. Mais l'empereur a oublié de me faire une offrande en échange. Il m'a volé ! La nymphe doit te remplacer jusqu'à la fête pour que ton père lui remette le collier. Ensuite, elle a ordre de me le rapporter.

– Grand Gawa, s'il vous plaît ! intervint Cléa. Nous avons besoin de vous pour la vaincre ! implora Cléa. Sinon Yukiko restera invisible toute sa vie !

Le dieu réfléchit un moment en lissant sa moustache.

– À une condition, dit-il enfin. Rapportez-moi les perles, et vous pourrez compter sur moi.

Les deux amies laissèrent échapper un soupir de soulagement.

– Mais si vous échouez, reprit Gawa, je ne ferai rien pour vous !

Sur ces paroles, son visage s'évanouit de la surface dans un dernier bouillonnement.

– Oh, Cléa, tu as été très courageuse ! s'exclama Yukiko, admirative. Maintenant, il faut prendre le collier avant que mon père le donne à la nymphe. Et ma fête d'anniversaire commence dans quelques heures !

– Tu sais où il peut l'avoir caché ? demanda Cléa.

– Mon père range tous ses objets précieux dans son bureau. Seulement, depuis que je suis invisible, je ne peux plus porter aucun objet. C'est un peu comme si j'étais un fantôme. Il va falloir que tu m'aides.

– Ne t'inquiète pas, la rassura Cléa. Il suffit que tu me guides.

– Suis-moi !

Et Yukiko entraîna Cléa à travers le jardin en direction des toits dorés.

5

Un collier bien rangé

Les deux amies parvinrent bientôt devant une grande arche rouge, gardée par deux énormes statues de dragons en or.

Cléa s'arrêta, éblouie. De l'autre côté d'une cour spacieuse se dressait un palais aux murs entièrement sculptés. Ses portes rouges monumentales étaient ornées de fresques d'oiseaux et de fleurs. Ses toits d'or recourbés, soutenus par de fines colonnes, descendaient presque jusqu'au sol.

– Attends, souffla la princesse.

Elle s'avança pour s'assurer qu'il n'y avait

personne. Puis elle fit signe à Cléa de la suivre.

Les fillettes traversèrent la cour et contournèrent le bâtiment jusqu'à une petite porte, qu'elles franchirent. Elles pénétrèrent dans un large couloir de marbre, où flottait une odeur appétissante. Cléa devina que les cuisines n'étaient pas loin.

Tout au bout s'élevait un grand escalier doré.

– Le bureau est en haut, chuchota Yukiko en commençant à monter les marches.

– On a de la chance, c'est désert !

– C'est parce que tous les serviteurs sont occupés à préparer mon repas d'anniversaire.

Elles parvinrent à l'étage. Soudain, elles

entendirent des pas qui approchaient.

Yukiko pâlit.

– Par ici ! murmura-t-elle en montrant une porte.

Cléa l'ouvrit et se glissa rapidement dans la pièce. Yukiko lui désigna un paravent en ébène, percé d'une multitude de petit trous. Elles coururent s'y cacher.

– C'est ma chambre, dit Yukiko. Enfin, c'était...

Le cœur battant, Cléa entendit quelqu'un entrer à son tour. Elle risqua un coup d'œil par les trous minuscules du paravent. Elle vit la nymphe qui s'avançait d'un pas décidé, suivie de quatre serviteurs.

– Je dois choisir mon kimono pour la fête, déclara-t-elle avec vanité. Exposez tous mes habits de cérémonie dans la pièce voisine. Et plus vite que ça !

– Oui, Vo... Votre Altesse, bredouillèrent les serviteurs en se hâtant d'obéir.

Au passage, ils bousculèrent d'autres domestiques, qui apportaient de grandes bassines d'eau chaude.

– C'est l'heure de votre bain, Votre Altesse, annonça une femme de chambre, visiblement apeurée.

La nymphe agita la main en direction d'une baignoire en porcelaine qui trônait dans un coin de la pièce :

– Eh bien, remplissez-la !

Les domestiques se précipitèrent vers la baignoire. Ce faisant, l'un d'eux renversa un peu d'eau près des pieds de la nymphe.

Celle-ci fit un brusque bond en arrière.

– Quel maladroit ! cria-t-elle, furieuse. Ah, je ne suis plus d'humeur à prendre un bain ! Sortez tous !

Les serviteurs disparurent dans le plus grand désordre.

– Tu as vu comment elle les traite ? chuchota Yukiko, indignée. Les pauvres, ils doivent se demander comment j'ai pu changer à ce point ! Ils vont me détester, à présent !

La nymphe s'était assise devant la coiffeuse, chargée de petits flacons et de bijoux étincelants. Elle dénoua ses longs cheveux. Et elle commença à se coiffer avec un peigne incrusté de diamants.

Cléa remarqua qu'elle gardait les yeux fixés sur les pierres précieuses, comme si leur éclat l'hypnotisait.

Une servante vint l'avertir que les kimonos étaient prêts.

– Pas trop tôt ! ronchonna la nymphe.

Et, posant le peigne à regret, elle la suivit dans la pièce voisine.

– Vite, filons, murmura Cléa. On n'a plus beaucoup de temps !

Elles sortirent de la chambre et s'engagèrent à pas de loup dans le couloir.

Après un tournant, Yukiko s'arrêta devant une porte :

– Voilà le bureau de mon père !

Les deux amies s'y glissèrent. Des étagères remplies de rouleaux de parchemin couvraient les murs du sol au plafond.

Au milieu de la pièce se dressaient une grande table de bois sculpté et un grand fauteuil doré orné de dessins de dragons.

Yukiko désigna à Cléa une lourde tapisserie accrochée au mur :

– Par ici ! Passe ta main derrière.

Cléa s'exécuta. À sa surprise, elle sentit une petite niche creusée dans le mur. Ses doigts se refermèrent sur une boîte, qu'elle retira.

– C'est l'une des boîtes à bijoux de ma mère, dit Yukiko. Les perles sont sûrement dedans.

La boîte était faite de dizaines de petits carrés de bois de différentes couleurs. On l'ouvrait en faisant glisser le couvercle sur le côté. Cléa tenta de le faire coulisser, sans succès.

– Je n'y arrive pas ! souffla-t-elle.

Yukiko éclata de rire :

– C'est un casse-tête japonais ! Il faut aligner correctement toutes les pièces de bois, jusqu'à ce que le couvercle représente une image. Commence par là, Cléa.

Elle lui montra un coin de la boîte.

– Maintenant, pousse ce panneau-ci.

Vingt fois, Cléa déplaça les petits carrés selon les instructions de Yukiko. Enfin, elle laissa échapper un « Oh ! » de triomphe en voyant apparaître un lion.

Miracle ! Le couvercle s'ouvrit sans résistance. Sur un nid de velours bleu luisait un splendide collier de perles couleur ivoire.

– Il est superbe ! s'exclama Cléa.

Elle mit les perles dans sa pochette et rangea la boîte à sa place derrière la tapisserie.

– Retournons vite voir Gawa ! lança joyeusement Yukiko.

Mais, à l'instant où elles sortaient, des voix se firent entendre à l'autre bout du couloir.

– C'est mon père ! s'écria la princesse. Sauvons-nous !

6

Au voleur !

– Vite, Cléa ! chuchota Yukiko.

Elles se mirent à courir, dévalèrent les escaliers et s'arrêtèrent prudemment à l'angle du couloir. Un garde faisait les cent pas devant la porte qui donnait sur la cour.

– Qu'est-ce qu'on fait ? murmura Cléa.

Malheureusement, sa voix résonna dans le couloir, alertant le garde.

– Qui va là ? gronda-t-il en venant dans leur direction.

– Cache-toi ! s'affola Yukiko.

Cléa regarda de tous côtés. Il y avait sur

sa gauche deux grandes portes dorées, qui étaient restées entrebâillées. Elle se précipita vers elles.

– Attention ! dit la princesse. C'est la salle de bal, où doit se tenir la fête. Il risque d'y avoir quelqu'un là-dedans.

Mais Cléa n'avait pas d'autre endroit où aller. Elle se faufila à l'intérieur.

Il n'y avait là qu'un jeune garçon, qui, par chance, lui tournait le dos. Il était occupé à sculpter un grand cygne dans la glace, à côté d'une table recouverte de friandises.

Sans un bruit, Cléa souleva une nappe et se glissa sous une table. La fillette laissa retomber le tissu, qui la dissimula entièrement.

Soudain, elle réalisa que Yukiko n'était plus avec elle. Où était passée la petite princesse ?

Cléa souleva de nouveau la nappe pour inspecter la pièce.

Son amie se tenait à côté du jeune sculpteur et le regardait d'un air triste. Le garçon continuait à sculpter délicatement le cou du cygne, sans se douter de sa présence.

Tout à coup, des cris retentirent dans le palais.

– Au voleur ! Quelqu'un a volé les perles de l'empereur ! tonnaient des gardes.

L'un d'eux fit irruption dans la salle.

– Jiro, dépêche-toi ! lança-t-il. Quelqu'un a volé un des colliers de l'empereur ! Tout le monde doit se mettre à sa recherche !

– Oh ! s'exclama Jiro. J'arrive !

Il rangea son burin dans sa ceinture et quitta la salle sur les pas du garde.

Cléa en profita pour sortir de sa cachette.

Yukiko courut vers la porte, passa la tête dans l'entrebâillement. Elle revint aussitôt, l'air paniqué.

– Impossible de sortir ! dit-elle. Il y a des

gardes partout ! Tu dois rester cachée !

Cléa regagna son abri. Apparemment, elle était bel et bien prise au piège !

Peu après, un petit groupe de serviteurs entra et se mit à fouiller la salle. Cléa retint son souffle.

– Tu as entendu la nouvelle ? dit l'un d'eux. À cause du vol du collier, l'empereur a reporté la fête à demain. Et il a demandé à tous les invités de venir avec un cadeau, pour que la princesse puisse choisir celui qu'elle préfère. La personne qui apportera le plus beau présent pourra réclamer à l'empereur ce qu'elle désire.

– En tout cas, le voleur n'est pas ici, et le collier non plus, déclara un autre. Allons chercher ailleurs !

Les gardes et les serviteurs quittèrent la pièce et s'éloignèrent dans le couloir.

7

Une idée de génie

Yukiko se tourna vers Cléa.

– Ils sont partis fouiller une autre aile du palais, chuchota-t-elle. C'est le moment !

Avec mille précautions, les deux amies se glissèrent hors de la salle de bal. Elles gagnèrent la sortie et traversèrent la cour.

Sans avoir rencontré personne, les fillettes franchirent la grande arche. Puis elles filèrent en courant jusqu'à la rivière.

Là, Cléa trempa ses doigts dans l'eau et répéta la formule qui invoquait le dieu de la rivière.

Celle-ci se mit à bouillonner, et le visage de Gawa apparut.

– On vous rapporte le collier ! annonça Cléa triomphalement.

Le dieu eut un sourire de satisfaction.

– Jetez-le dans les flots, ordonna-t-il. Ainsi, ce qui m'appartient me sera rendu !

Cléa obéit. À peine les perles eurent-elle touché l'eau qu'un tourbillon aspira le collier vers le fond.

– Grand Gawa, pouvez-nous nous dire comment obliger la nymphe à me rendre ma place ? demanda Yukiko.

– C'est très simple, répondit le dieu. Il suffit qu'elle soit au contact de l'eau. Alors, elle devra retourner à la rivière, et tu redeviendras visible.

– Oh, je comprends maintenant pourquoi elle se débrouille toujours pour ne pas être mouillée ! intervint Cléa. Mais comment faire ? Elle est constamment protégée par des gardes. Et elle ne prendra jamais le risque de venir ici !

– Je vous ai donné la solution, rétorqua Gawa. À vous de trouver le moyen d'y parvenir.

Et, sous l'œil consterné des deux filles, son image commença à disparaître.

– Attendez ! cria Cléa. J'ai peut-être une idée !

Pendant un instant, elles retinrent leur souffle, craignant qu'il ne s'efface tout à fait. Aiguillonné par la curiosité, le dieu resurgit peu à peu.

– Je t'écoute, fit-il.

Yukiko, elle aussi, regardait son amie d'un air intrigué.

– Merci, puissant Gawa, dit Cléa en faisant

une révérence. J'ai remarqué que la nymphe adore tout ce qui brille. Or Jiro est un merveilleux sculpteur. S'il arrive à fabriquer un collier de glace qui ressemble à un vrai, nous pourrions l'offrir à la nymphe...

– ... et il commencerait à fondre dès que la nymphe le mettrait ! acheva Yukiko. Ainsi, sa peau serait mouillée, et le tour serait joué ! Cléa, tu es géniale !

– Je n'aurai qu'à me joindre demain aux invités pour lui remettre le collier, enchaîna Cléa. Mais il faut éviter qu'il fonde avant qu'on le lui donne ! Pour cela, nous avons besoin de votre magie, grand Gawa !

Celui-ci fronça pensivement les sourcils.

– Ton idée peut marcher, commenta-t-il. Qu'ai-je à y gagner ?

– Je demanderai à mon père de faire bâtir un petit temple en votre honneur, proposa Yukiko.

– Bien ! lâcha Gawa. As-tu gardé le noyau de la pêche magique ?

Yukiko sortit le noyau, qu'elle avait conservé dans son kimono.

– Place-le à la surface de l'eau, ordonna le dieu.

Yukiko suivit son instruction. Le noyau flotta un moment sur le courant. Puis il se mit à tourner à toute vitesse en grossissant à vue d'œil, dans une salve d'étincelles magiques.

Quelques secondes plus tard, il s'était transformé en une superbe boîte en argent, gravée de vaguelettes.

– Prenez la boîte, dit Gawa. Elle conservera le collier au frais. Et ramenez-moi cette nymphe ingrate !

Je vais lui montrer qui commande ici !

– Merci, Gawa ! s'écrièrent les deux amies tandis que le visage du dieu s'effaçait.

Cléa plongea la main dans la rivière pour s'emparer de la boîte.

– Hou ! souffla-t-elle. Elle est glacée !

Elle l'ouvrit et effleura la garniture de soie bleu nuit à l'intérieur. Elle était encore plus froide.

Pendant que les deux fillettes parlaient avec Gawa, la lune s'était levée. Déjà, la nuit tombait sur le jardin.

– Il est trop tard pour aller voir Jiro, déclara Yukiko. Nous irons demain matin.

Elles s'allongèrent sous le pêcher, sur un doux tapis de fleurs. Cléa se perdit dans ses pensées.

– Pourvu que j'arrive à convaincre Jiro, dit-elle au bout d'un moment. Tu penses qu'il me croira quand je lui raconterai ce qui t'est arrivé ?

– À nous de le persuader, répliqua Yukiko d'un ton décidé.

Elles ne tardèrent pas à s'endormir, épuisées par leur journée.

8

Un nouveau complice

À l'aube, quand Yukiko réveilla Cléa, le soleil répandait déjà une douce chaleur.

– Debout, Cléa ! murmura-t-elle.

Son amie s'assit en bâillant.

– Allons voir Jiro, dit Yukiko. Il doit être dans la glacière. C'est là où l'on garde la glace.

Cléa se leva, lissa son kimono, et elles se mirent en chemin.

– C'est à l'écart du palais, précisa Yukiko. Au moins, cela t'évitera de te faire repérer.

En effet, la glacière était nichée dans un coin sombre du jardin, entourée d'arbres. C'était une petite cabane au grand toit recourbé, comme ceux du palais.

– Vas-y, lança Yukiko.

Cléa ouvrit la porte et fut saisie par le froid. Jiro était là, occupé à empiler de gros blocs de glace les uns sur les autres.

– Qui est là ? demanda-t-il en se retournant.

– Je m'appelle Cléa, répondit la petite fille en frissonnant. Je suis une amie de la princesse Yukiko. Je dois te parler.

Jiro la regarda avec étonnement :

– Eh bien, entre et ferme bien la porte, sinon la glace va fondre.

Les deux amies pénétrèrent à l'intérieur. Cléa referma derrière elles.

Il y régnait un froid intense. Des stalactites pendaient du plafond.

Cléa sentit ses orteils s'engourdir. Elle croisa les bras pour se réchauffer.

Jiro, qui ne portait qu'une chemise en coton léger, paraissait parfaitement à l'aise.

– Tu dis que tu es une amie de la princesse ? fit-il d'un ton soupçonneux. Je ne t'ai jamais vue, pourtant. Que veux-tu ?

– Yukiko a besoin de ton aide, commença Cléa. Elle a des ennuis.

Jiro prit un air perplexe.

– Ça m'étonnerait. Je viens de la voir au palais, et elle m'a complètement ignoré ! s'exclama-t-il. Elle ne m'adresse plus la parole depuis des jours...

Il semblait sincèrement peiné. Yukiko secoua la tête en soupirant.

– Parce que ce n'est pas la vraie princesse ! expliqua Cléa.

Et elle se dépêcha de lui raconter toute l'histoire, sans lui laisser le temps d'intervenir.

Quand elle eut fini, Jiro la fixa avec colère :

– Tu te moques de moi ?

– Mais non, je t’assure ! protesta Cléa.

– Cette plaisanterie a assez duré, reprit le garçon. Laisse-moi, maintenant, j’ai du travail !

– Écoute, tu dois me croire…

– Cléa, intervint Yukiko, demande-lui s’il se souvient d’avoir sculpté un papillon de glace l’an dernier pour mon anniversaire. C’est un secret entre lui et moi.

– D’accord, répondit Cléa.

Jiro sursauta :

– À qui parles-tu ?

– À la princesse ! Elle est là, à côté de moi. Il paraît que tu as sculpté un papillon de glace pour son dernier anniversaire.

– Comment le sais-tu ? questionna Jiro, stupéfait. Personne n’est au courant !

Il regarda autour de lui, cherchant Yukiko.

– C’est donc vrai ? La princesse est invisible ?

– Je te le jure ! insista Cléa. Tu sens cette odeur de fleurs de pêcher ?

Jiro huma l'air.

– Oui, répondit-il sans comprendre.

– Ça veut dire que Yukiko est là ! Alors, vas-tu nous aider à briser le sortilège, Jiro ? Es-tu d'accord pour sculpter un collier de glace ?

Jiro hésita un moment avant de répondre :

– Je me disais bien que la princesse avait un comportement bizarre, ces jours-ci ! C'est entendu, je le ferai.

– Oh, merci ! s'écria Cléa, soulagée.

Elle sortit de sa poche le coffret magique et le lui tendit :

– Range le collier dans cette boîte. Elle le gardera au frais jusqu'à ce qu'on l'offre à la nymphe. Ainsi, il ne fondra pas.

Jiro hocha la tête ; cependant, il avait l'air inquiet :

– Il faut qu'il soit très réussi, pour qu'elle le prenne pour un vrai. Et je n'ai jamais sculpté quelque chose d'aussi compliqué !

– Fais de ton mieux, Jiro, répondit Cléa. Merci encore !

Et elle quitta la glacière, suivie de Yukiko.

9

Le choix de la nymphe

Les deux amies passèrent la journée dans le jardin.

Enfin, le soleil se coucha ; la lune se leva. L'heure était venue de retourner voir Jiro.

Cléa était inquiète. Le collier de glace ressemblerait-il assez à un vrai pour que la nymphe s'y trompe ? Lui plairait-il assez pour qu'elle le choisisse ?

Jiro attendait Cléa devant la porte avec un sourire rayonnant.

– J'ai réussi ! lança-t-il en brandissant un

collier de diamants brillant de mille feux.

Cléa en resta bouche bée. Il était magnifique ! Chaque petite perle de glace avait été délicatement taillée et polie. Toutes ses facettes reflétaient la lumière.

Jiro avait placé les plus gros diamants de glace au milieu, et les plus petits autour. Il avait même pensé au fermoir pour attacher le collier.

– Incroyable ! On dirait des vrais ! s'exclama Yukiko.

– Il est superbe ! s'écria Cléa en battant des mains.

Jiro rougit de plaisir. Il rangea soigneusement le bijou dans son écrin de soie bleue.

– Yukiko est avec toi ? demanda-t-il timidement. Le collier lui plaît ?

– Elle l'adore ! lui assura Cléa. Merci, Jiro !

– Que les dieux vous portent chance ! leur lança-t-il tandis qu'elles prenaient le chemin du palais.

En arrivant sous l'arche, Cléa n'en crut pas ses yeux.

– Regarde ! murmura-t-elle, stupéfaite.

Une longue procession partait de la porte du palais et serpentait à travers la cour.

Tous les invités étaient chargés de paniers et de paquets enveloppés de papier richement coloré. Un homme portait un splendide parasol à franges, décoré de fleurs peintes. Un autre tenait en laisse un chat à l'épaisse fourrure grise, aux yeux émeraude.

– Ils sont tous venus avec quelque chose de spécial ! chuchota Yukiko, démoralisée, en se glissant au bout de la queue. Et si la nymphe choisit un autre cadeau, avant même que notre tour arrive ?

Cléa secoua la tête :

– À mon avis, elle voudra voir tous les cadeaux pour prendre le plus beau !

La queue progressait lentement.

Cléa était si tendue qu'elle ne pouvait

s'empêcher de sortir la boîte de sa poche toutes les trois minutes. Histoire de s'assurer qu'elle était toujours froide.

Enfin ce fut au tour des deux amies de présenter leur cadeau.

L'empereur et sa femme étaient assis à une grande table, à côté de la nymphe. Celle-ci portait un kimono resplendissant en fil d'or, brodé de dragons rouges.

D’un geste de la main, elle chassa l’homme qui se tenait devant Cléa et se tourna vers elle.

– Que me proposes-tu ? lança-t-elle sèchement.

Cléa s’inclina et tira la boîte de sa poche :

– Votre Altesse, je viens de très loin et j’apporte les bijoux les plus éblouissants qui soient !

La nymphe se pencha en avant, les yeux plissés d'envie :

– Montre-moi cela !

En faisant un effort pour rester calme, Cléa ouvrit la boîte et la tendit à la nymphe.

Elle croisa les doigts derrière son dos pour se porter chance. Les diamants de glace séduiraient-ils la nymphe au cœur de glace ?

Quand elle eut soulevé le couvercle, tous ceux qui se trouvaient autour écarquillèrent les yeux.

Les diamants brillaient de mille feux dans leur écrin de soie bleue, comme des étoiles dans un ciel de nuit. Les torches qui éclairaient la pièce se reflétaient sur chaque facette, qui renvoyait au plafond un arc-en-ciel de lumière.

La nymphe ne pouvait détacher les yeux du collier.

– Je n'ai jamais rien vu d'aussi beau ! déclara-t-elle, émerveillée.

Elle agita la main vers ceux qui faisaient la queue, sans leur accorder un regard :

– Rangez vos cadeaux ! Ma décision est prise. Je choisis ces diamants !

Cléa laissa échapper un soupir de soulagement. Elle jeta un coup d'œil furtif à Yukiko, qui observait nerveusement la scène.

– J'approuve ton choix, ma fille, intervint l'empereur. Ce collier est aussi beau que celui que je voulais t'offrir !

À ces mots, la nymphe pâlit brusquement. Elle rabattit aussitôt le couvercle.

– Père, il faut mettre le bijou à l'abri ! Dans cette boîte, n'importe qui peut s'en emparer. Et le voleur n'a toujours pas été retrouvé !

– Ce serait plus prudent, en effet. Je vais tout de suite faire appeler mon gardien du trésor. Il le placera dans un coffret plus sûr et le portera dans la salle du trésor.

10

La danse de l'éventail

Cléa et Yukiko échangèrent un regard horrifié. Si le collier quittait la boîte magique, il fondrait en quelques instants. Tous leurs efforts n'auraient servi à rien !

Cléa serra les poings. Elle n'allait pas abandonner son amie à son triste sort. Cette chipie de nymphe ne s'en tirerait pas comme ça !

L'empereur frappa dans ses mains :

– Qu'on fasse venir mon trésorier !

Un serviteur quitta aussitôt la salle pour transmettre son ordre.

Cléa tenta sa dernière chance :

– Pardonnez-moi, princesse, me ferez-vous l'honneur d'essayer le collier avant de le ranger ? Je suis sûre qu'il sera encore mille fois plus beau sur vous !

La nymphe eut quelques secondes d'hésitation. Mais sa vanité l'emporta :

– Je peux bien te faire ce plaisir. Qu'on m'apporte un miroir !

Un serviteur arriva précipitamment avec un grand miroir, qu'il tint en face d'elle.

– Attache le collier autour

de mon cou, ordonna-t-elle à Cléa. Allez !

La fillette s'empara du collier. Il était si froid qu'elle en eut mal aux doigts. Vite, elle s'approcha de la nymphe et lui glissa le bijou autour du cou.

– Oh, c'est froid ! s'écria la nymphe, surprise.

Mais, dès qu'elle se vit dans le miroir, un sourire illumina son visage.

Cléa s'aperçut qu'une toute petite goutte d'eau se formait déjà sur l'un des diamants. La gouttelette tomba sur la peau de la nymphe. Celle-ci se pencha vers son reflet en fronçant les sourcils.

Plusieurs gouttes coulaient maintenant dans son cou. Soudain, elle comprit, et ses yeux s'agrandirent d'horreur.

– NON ! hurla-t-elle.

Elle voulut arracher le collier. Ses doigts se mouillèrent aussitôt. Elle gronda de colère. Tout son corps se mit à trembler, comme la surface d'un lac sous la brise.

– Regardez ! s'écria un homme.

Il désignait l'endroit où se tenait Yukiko. La vraie princesse réapparaissait peu à peu, à mesure que la nymphe, elle, devenait de plus en plus transparente.

L'assistance avait tourné les yeux vers Yukiko.

– C'est elle, la vraie princesse ! lança Cléa.

La nymphe a rendu Yukiko invisible pour prendre sa place !

Bousculant Cléa avec rage, l'usurpatrice se précipita hors de la salle.

Tous la suivirent, curieux de voir ce qui allait se passer. Toujours plus transparente, elle courut droit à la rivière et sauta dans l'eau. Son corps se transforma sur-le-champ en une multitude de gouttes d'eau, qui retombèrent en cascade.

Quelques instants plus tard, il ne restait plus à la surface qu'une poignée de pétales de fleurs de pêcher.

Cléa se retourna vers son amie, redevenue parfaitement visible.

– Yukiko, ma fille ! s'exclama l'empereur en s'élançant vers elle, le visage rayonnant.

Il la serra dans ses bras, sous l'œil attendri de Cléa. Yukiko lui fit signe de les rejoindre.

– Père, je te présente mon amie Cléa,

annonça-t-elle. C'est grâce à elle que j'ai pu me libérer du sort jeté par la nymphe. Et c'est son cadeau qui a été choisi. Tu dois donc lui accorder ce qu'elle désire !

– Je te remercie pour ton aide, dit l'empereur avec reconnaissance. Que puis-je t'offrir en remerciement ?

Cléa n'hésita pas :

– S'il vous plaît, Votre Altesse, j'aimerais qu'on bâtisse un petit temple en l'honneur de Gawa, le dieu de la rivière !

– Accordé ! répondit l'empereur.

À ces mots, l'eau de la rivière bouillonna, comme si Gawa manifestait sa satisfaction.

– Nous pouvons enfin célébrer l'anniversaire de ma fille ! déclara l'empereur. Musique !

Les musiciens, qui avaient suivi la foule jusqu'à la rivière, entamèrent un air joyeux. Et là, dans l'herbe, tout le monde se mit à danser.

– Danse avec moi, Cléa ! s'écria gaiement Yukiko.

– Je ne sais pas danser ! protesta Cléa en

admirant les mouvements gracieux de la princesse.

– Je vais t'apprendre !

Yukiko emprunta deux éventails aux danseuses de la cour. Elle en tendit un à son amie. Puis elle lui montra comment l'ouvrir et le refermer en le tournant entre ses mains. Ce n'était pas si facile, de se concentrer en même temps sur ses pieds et sur l'éventail. Pourtant, à la fin du bal, Cléa était assez à l'aise.

Quand les invités commencèrent à quitter le jardin, elle entraîna la princesse à l'écart :

– Yukiko, je dois rentrer chez moi,

maintenant, lui dit-elle doucement. Mes parents vont s'inquiéter.

Yukiko la serra dans ses bras :

– Je comprends. Merci pour tout, Cléa ! Tu vas me manquer. J'espère que tu reviendras bientôt me voir !

– Promis ! Au revoir, Yukiko !

À peine eut-elle prononcé ces mots qu'un souffle de vent, chargé du parfum des fleurs de pêcher, s'éleva brusquement autour d'elle. Le tourbillon l'enveloppa, de plus en plus rapide.

Elle sentit ses pieds quitter le sol. Elle eut juste le temps de faire des signes d'adieu à Yukiko avant de disparaître.

En un clin d'œil, Cléa se retrouva en face de son miroir, dans sa chambre, en haut de la tourelle.

« Ça fait du bien d'être à la maison ! » songea-t-elle joyeusement.

Elle s'aperçut qu'elle tenait encore à la

main l'éventail de Tante Clarisse. Elle l'approcha à hauteur de ses yeux.

On y voyait toujours Yukiko, assise sous son pêcher, mais elle avait l'air tellement plus heureuse !

« Eh bien, c'est décidé ! se dit Cléa. Je ferai une danse japonaise pour le spectacle de l'école ! »

Elle ouvrit l'éventail et se mit à répéter les pas qu'Yukiko lui avait montrés.

– Dis donc, Cléa, c'est chouette, ce que tu fais ! Où est-ce que tu as appris à danser comme ça ?

C'était Lucas qui venait d'entrer en coup de vent dans sa chambre.

La petite fille gloussa :

– Jai eu un très bon professeur !

Fin

Si tu as aimé ce livre,
tu peux lire d'autres histoires
dans la collection

Le château magique

Pour chanter Veni Creator, il faut avoir chasuble d'or (bis)
Nous en tissons pour vous, Grands de l'Église
Et nous, pauvres canuts, n'avons pas de chemise.

C'est nous les canuts,
Nous allons tout nus.

Pour gouverner, il faut avoir manteaux et rubans en sautoir (bis)
Nous en tissons pour vous, Grands de la terre
Et nous, pauvres canuts, sans drap on nous enterre.

C'est nous les canuts,
Nous allons tout nus.

Mais notre règne arrivera quand votre rêve finira (bis)
Nous tisserons le linceul du vieux monde
Car on entend déjà la révolte qui gronde.

C'est nous les canuts,
Nous n'irons plus nus !

Aristide Bruant

PROLOGUE

« Dieu, ce que la vie, parfois, peut être douce… »

Les mains croisées derrière le dos, tout propre des prières qu'il venait d'adresser à Jésus-Christ au sein de la petite chapelle qu'il avait fait construire dans le parc Esperança qui vallonnait au pied de sa riche demeure, Dom Evaristo da Fonseca se félicitait en son for intérieur de la clémence de ce 1er novembre 1755. Sur les pentes qui descendaient vers le Tage, cet homme noble et respecté de tous avait fait fortune dans le négoce du porto. Les guerres interminables entre la France et l'Angleterre avaient tout naturellement détourné les Britanniques de la consommation de vin et c'est sur les barriques du Portugal que ceux-ci avaient jeté leur dévolu, les important par milliers dans les ventres des navires. Oui, Dom Evaristo da Fonseca, malgré le passé tumultueux de ses parents, avait su redresser la barre et se faire aimer de la plupart des Lisboètes, des gens de la rue qu'il croisait chaque jour jusqu'aux membres les plus éminents de la cour royale de Dom José Ier. Sa mère, Dona Josefina da Fonseca, que l'on pourrait se contenter de qualifier de simple génitrice, avait dû, pour de sombres histoires de dot, épouser son frère, Dom Fernando, dans la lointaine colonie du Brésil. Une fois parvenus à Lisbonne, ils s'étaient installés, riches d'une confortable fortune, mais aussi lestés d'un fardeau : un enfant illégitime nommé Evaristo. Fruit d'une union contre nature entre Dona Josefina et un Nègre de Rio de Janeiro, cet enfant avait des cheveux crépus et une peau qu'on eût dite tannée par le soleil, objets de honte. Dans une chambre retirée de l'immense demeure, enfermé à double tour lorsque ses parents recevaient, il endura une éducation stricte auprès de précepteurs, car, chez les Da Fonseca, on clamait haut et fort ne pas badiner avec la morale et la religion.

En réalité, et en l'espace de quelques années seulement, ses parents avaient englouti l'essentiel de leur fortune, acquise par leur oncle dans le trafic de Nègres. Son père putatif, Dom Fernando da Fonseca, avait débarqué à Lisbonne frappé par le mal français et, peu à peu, cette affection s'était propagée dans son corps. Les douleurs qu'il ressentait allèrent croissant et il se mit alors à les calmer avec des alcools toujours plus forts. Sept années après son arrivée, Dom Fernando n'était plus que l'ombre de lui-même, un fantôme hagard qui déambulait dans les couloirs, en chemise de nuit négligée, une bouteille à la main. Une nuit de janvier, une mauvaise toux eut raison de lui et le précipita dans la tombe. De son côté, sa mère, Dona Josefina, se tua à l'amour, forniquant avec une frénésie proche de la rage, s'offrant des tenues, des parfums et des bijoux toujours plus dispendieux et clinquants afin que cette débauche de luxe remplaçât, au fil des ans, sa beauté vieillissante. Lorsqu'elle passa de vie à trépas, cinq ans après le décès de son époux, certaines mauvaises langues firent courir le bruit qu'elle s'était suicidée parce qu'un garçon de ferme aurait refusé ses charmes, même contre une bourse d'or. D'autres prétendirent que quelques courtisanes, avec les maris desquelles elle avait connu des nuits enflammées de libertinage, s'étaient alliées et l'avaient fait empoisonner.

Quoi qu'il en soit, le jour de ses dix-neuf ans, Dom Evaristo da Fonseca s'était retrouvé seul, sans famille ni appuis, à la tête de cette demeure qui tombait en ruine et propriétaire de centaines d'hectares de terre dans la vallée du Douro, dont personne ne s'était jamais soucié. Le jeune homme était courageux, dur à la tâche et ambitieux, dans le sens noble du terme. Il retroussa ses manches, emprunta de l'argent à des usuriers et, à force d'efforts et de privations, réussit à rendre fécondes ses terres caillouteuses qui, en quelques années, se couvrirent du meilleur raisin qui soit pour l'élaboration du porto.

Après avoir ouvert une boîte en argent et déposé une pincée de tabac dans chaque narine, Dom Evaristo da Fonseca reprit sa marche pensive entre les ormes aux épaisses frondaisons, les lauriers, les arbres de Judée et les giroflées qui frissonnaient dans un vent salé montant de l'océan. Alors qu'il allait regagner son bureau pour écrire une lettre à son fils Cristiano, en voyage dans le nord du Portugal, il s'immobilisa soudain. Un silence inaccoutumé, car Lisbonne possédait en ses murs plus de chiens hurlant nuit et jour à la mort que d'habitants, venait de figer chaque chose. Durant de longues secondes, on n'entendit alors plus un bruit et même la brise se cassa net, engluant l'ensemble de la cité dans une désagréable fixité.

Surpris, Evaristo descendit jusqu'à la lourde grille d'entrée du domaine et, lorsqu'il y parvint, une espèce de folie collective éclata dans la capitale du Portugal. Sans qu'il ne se soit rien passé de particulier, l'ensemble des animaux, sauvages ou domestiqués, furent pris de démence. Chiens, chats, oiseaux, rats, chevaux, porcs, ânes, poules, canards et coqs, moutons, chèvres et agneaux, bœufs, tous se mirent brutalement à détaler et à s'enfuir vers l'intérieur des terres. C'était une marée ininterrompue, hurlante et écumante, proche de la rage, bousculant tout sur son passage, femmes et hommes, enfants et vieillards qui, incrédules, assistaient à ce défilé de bêtes terrifiées qui faisaient gicler la poussière dans les airs et filaient, les yeux exorbités, le plus loin possible de Lisbonne.

Lorsque le gros de la troupe fut passé, Evaristo poussa la grille en tremblant et se rendit à pas pressés vers la ville basse. Dans le tumulte de la foule qui s'apostrophait maintenant, saisie par une peur contagieuse, il n'eut que le temps d'accomplir deux cents mètres. Soudain, une déflagration telle qu'il n'en avait jamais connu jusqu'alors sembla vouloir déchirer la ville de part en part. Sous ses pieds, il sentit la terre gronder, gargouiller de façon lugubre, vibrer et se tordre avec douleur dans tous les sens à la fois. Aussitôt, la peur devint panique et des milliers de Lisboètes se mirent à leur tour à courir, la bouche distordue par l'angoisse, hurlant des prières, se bousculant dans une cohue formidable. Durant d'interminables minutes, ce fut alors une scène d'apocalypse. Dans ces convulsions et ces tremblements violents, les maisons s'abattirent comme de simples fétus de paille, les rues se lézardèrent et des fissures, larges quelquefois de cinq mètres, s'ouvrirent dans le sol en même temps que l'atmosphère se saturait en gaz sulfurique. Les chutes des cheminées incendièrent instantanément la ville et, bientôt, Lisbonne ne fut plus qu'une cité morte où la majorité des habitants furent ensevelis par les édifices écroulés. Des maisons détruites montaient les plaintes des blessés, certains réclamant de l'aide, d'autres suppliant la mort.

Parvenu sur le port, hagard, secoué par des convulsions nerveuses qu'il ne parvenait pas à maîtriser, Dom Evaristo da Fonseca se retourna lentement et s'approcha des quais en titubant. À cet instant, il crut bien perdre le peu de raison qui lui restait. Bouche bée, silencieux, il découvrit le Tage privé de son eau. Dans la vase, les bateaux s'étaient couchés sur le flanc et voisinaient avec des épaves de navires et des caisses de marchandises perdues.

Alors, il tomba à genoux, lourdement, et, les yeux emplis de larmes, il se mit à prier de toute son âme. Pourquoi ce tremblement de terre avait-il frappé Lisbonne, le plus fervent pays catholique de la planète ? Pourquoi Dieu avait-il permis que cette tragédie se déroule justement à la Toussaint, le jour sacré où l'on célébrait tous les saints ? Pourquoi, après avoir redressé les affaires de la famille, venait-il certainement de perdre le fruit de tant d'années de labeur, en l'espace de seulement quelques minutes ?

En guise de réponse, Dom Evaristo da Fonseca n'entendit que le fracas d'une armée en marche qui se dirigeait vers lui à la vitesse d'un cheval au galop. Répliquant au tremblement de terre, une vague déferlante, haute de près de dix mètres, montait du large et s'écrasa sur le port et le centre-ville, dévastant tout sur son passage et projetant des nefs et des barques de pêche à des centaines de mètres de là…

L’OR